絕對沒大腦 ②

媽媽變成彈力球

王聰 / 著

李楠 / 繪

新雅文化事業有限公司
www.sunya.com.hk

我的阿拉丁神燈

　　有的小孩玩具太多，有的小孩瞌睡太多，有的小孩話太多，有的小孩鼻涕太多……

　　而我呢？我是願望太多。

　　小時候，我的願望多得腦袋裝不下，怎麼辦呢？我就把這些願望變成故事，講給大樹下面的小伙伴聽。然後問他：「好不好聽？好不好聽？」他如果說好聽，我就會滿足地嘿嘿一笑；他如果說不好聽，我就會一直問一直問：「為什麼不好聽？為什麼不好聽？為什麼不好聽？」然後一直追到太陽下山，追到他的家。

　　說到這裏，你一定會問我，你都有些什麼願望啊？這麼說吧，當沒人跟我玩的時候，我就想啊，要是有人陪我玩多好啊，最好是外星小孩！可是外星小孩要走了怎麼辦啊……當我被媽媽吼的時候，我縮到角落裏就想，要是能把媽媽變小就好了，最好像彈力球那麼小！可是萬一她變不回來怎麼辦啊……當我看着古生物書的時候，我就想啊，要是這些古生物能跑出來跟我玩就好了，最好全都跑出來！可是牠們要是打架怎麼辦啊……

可能你會說，哇！你的願望實現起來太難了！嗯，你說得沒錯，本來是挺難的，不過我有我的阿拉丁神燈！當我把願望變成故事寫下來，在這些故事裏，我就能和外星小孩成為朋友，和她聊天玩耍，還能知道她家裏有多少兄弟姊妹；我能帶着變小的媽媽上學，然後一不小心把她弄丟，我會情不自禁地哭起來；我能給打起來的霸王龍和劍齒虎勸架，還能請所有的古生物吃冰淇淋……

沒錯！寫作就是我的阿拉丁神燈，我的神燈可以實現我的任何願望。

說到這兒，你一定會問我：你現在的願望是什麼？

我現在最大的願望就是：有一天，在書店裏碰到你，我可能不認識你，你可能不認識我，你的手中捧着我寫的書，我會一下子衝到你面前問：「好不好看？好不好看？」你呢？雖然被嚇了一大跳，不過你最好回答：「好看！」不然我會問：「為什麼不好看？為什麼不好看？為什麼不好看？」然後一直追到太陽下山，追到你的家。

王　聰

人物小檔案

姓名： 拉鎖

性別： 男

職業： 小學生

學校： 古塔小學

班級： 三年一班

外號： 絕對沒大腦

形象： 雖然又矮又瘦，還有點兒黑，
但有領袖魅力

家庭成員： 癡迷於考古的爸爸、喜歡嘮叨的媽
媽，還有總是叼着奶嘴的三歲妹妹

最好的朋友： 鄰居＋同學＋「跟屁蟲」重北極

最怕的人： 擅長「撐撐神功」的同桌洛仙仙

最心愛的寶貝：冰魄搖搖

最擅長的事： 踢足球射門、畫恐龍

最害怕的事： 當眾演講

最大的毛病： 馬虎

性格優點： 聰明、幽默、心思細膩

姓名：	重北極
性別：	男
職業：	小學生
學校：	古塔小學
班級：	三年一班
外號：	北極蟲
形象：	又高又胖，是全班最強壯的男生
家庭成員：	一對和他一樣胖胖的爸爸媽媽
最好的朋友：	鄰居＋同學＋「老大」拉鎖
最心愛的寶貝：	白色運動鞋
最喜歡的食物：	棒棒糖、冰淇淋……只要是吃的都喜歡
最擅長的事：	捉迷藏，號稱「捉迷藏大王」
最害怕的事：	到黑板上做數學題
最大的毛病：	不愛動腦
性格優點：	天性樂觀，從不亂發脾氣

目錄

1 我的身世之謎

　　我叫拉鎖，男生，是古塔小學三年一班的學生，綽號是「絕對沒大腦」。

　　這個綽號是北極蟲給我起的，北極蟲是我的鄰居、我的同學、我的跟屁蟲⋯⋯

　　噢，我都忘了，「北極蟲」是他的綽號，他的大名叫重北極（這個姓讀「蟲」），真可惜這麼好的綽號不是我起的。

　　每一個上學的日子裏，我和北極蟲一起上學一起放學，一路上總是**歡聲笑語**的。今天早上，和往常一樣，我和北極蟲一起走在學校旁邊的小胡同裏，一邊走路一邊聊天，不過今天可沒有那麼多的歡聲

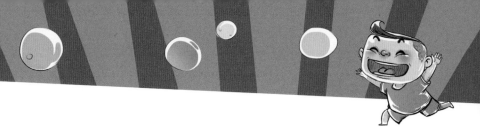

笑語。

「絕對沒大腦，你為什麼看起來有一點兒不開心呢？」北極蟲看着我耷拉着腦袋的樣子問道。

「不是有『一點兒』不開心，是有『很多點兒』不開心。」我抬起頭說道。

「為什麼？」北極蟲一臉疑惑。

我停下來，湊到他耳邊小聲說：「你是我最好的朋友，我告訴你，你可不能告訴別人。」

「當然。」北極蟲含着棒棒糖，睜大眼睛看着我。除了上課，其他時候，他都在吃。

「我好像是我媽媽撿來的。」我神秘地說道。

「真的？」北極蟲也很吃驚。

「昨天晚上，我找書的時候，看到媽媽以前的日記，我可不是有意要看的，是我正在收拾書櫃的時候**無意中**看到的。你猜我看到了什麼？」我壓低了聲音問道，好像在講偵探小說裏的故事。

「什麼？」北極蟲瞪大眼睛問道。

「我媽媽的日記本上，其中有一頁上面寫着『上午在門口曬太陽，看到了椅子上的這個小傢伙，感覺樣子醜醜的，本來不想撿回家，可是笑起來的樣子還是挺可愛的，就帶回家了。』她説的那個醜醜的傢伙就是我⋯⋯我是我媽媽撿來的！」説到這裏，我居然控制不住自己，鼻子開始**發酸**，眼淚差點兒掉下來。

「絕對沒大腦，你別瞎想了，很多小孩都懷疑過自己不是爸媽親生的。」北極蟲接着說道，「比如有一次，我媽媽正在洗腳，我一邊照鏡子一邊問她：『媽媽，你說我臉大嗎？』你猜我媽媽說什麼？她說：『還好吧，沒有我洗腳盆大。』她一這樣說，我立刻就覺得她一定不是我親生媽媽，不過看了看她的臉，又轉身看了看鏡子裏我的臉，我發現她的臉也很大。除了我媽媽，沒有人能生出我這樣大的臉。所以，你不要瞎猜了，就算她日記裏寫了幾行字，那也不能說，你媽媽撿來的就是你啊！說不定是你妹妹可可呢！」

「不可能！說的一定是我，因為……因為……」

「因為什麼?」北極蟲追問道。

「因為……那頁日記的日期是……我的生日!」真的不想說出來,可是如果不說出來,我怕自己**憋死**了。

聽我說出「生日」兩個字之後,北極蟲瞪着眼睛愣了足足有一分鐘,直到有口水流出來,他才拿出了嘴裏的棒棒糖,一臉同情地看着我:「絕對沒大腦,其實,你也沒有那麼醜,就是皮膚黑了點,頭髮黃了點,眼睛小了點,嘴巴大了點,鼻子塌了點……不過,合在一起還是挺順眼的。」

這是在安慰我嗎?我一點兒也不想聽。

「我每天要看着你這張大餅臉已經夠

可憐的了，還要被媽媽**嫌棄**，嗚嗚……」說完，我頓時覺得自己是世界上最可憐的人。

看着我很不開心，為了安慰我，北極蟲大方地說：「要不讓你舔一口我的棒棒糖吧！吃點甜的，心情就好了！」

「我才不要呢！都是口水！」我擦了一下酸酸的鼻子。

「沒關係，就算你不是你媽媽親生的，我也是你的親朋友、親同學、親鄰居、親跟屁蟲……」北極蟲連忙說道。

親跟屁蟲？聽起來感覺怪怪的。

「親跟屁蟲，」我接着說，「還有一件事，更讓我覺得我不是我媽媽親生的了。」

「什麼？」

北極蟲舔了一口棒棒糖，又把他的耳朵湊了過來。

2 生氣貓的玩具店

　　我把昨天晚上發生的另一件事告訴了北極蟲：「昨晚，吃過晚飯，我和媽媽還有可可出去散步，**正巧**路過玩具店，我想買個玩具。可是媽媽就是不買給我，說什麼『都這麼大了還玩什麼玩具啊』。可是，為什麼可可要什麼就給買什麼呢？」

　　「因為你是先撿來的，可可是後撿來的。」北極蟲說。

　　「不對，因為我是撿來的，可可是親生的！越想就越生氣，氣得我**暴跳如雷**！我現在想起來還很生氣呢。」

　　「等等，什麼叫暴跳如雷？」北極蟲

打斷我問道。

「就是，**生氣得像打雷一樣！**」我解釋道。

「哇！生氣可以像打雷一樣？」北極蟲吃驚地問道。

「哎呀！不要打斷我說話！」我接着說道，「你不知道我當時有多生氣！一生氣我就想摔東西，我才不管呢！我回到家裏之後，把家裏所有的玩具摔得稀巴爛。可可大哭起來！我媽媽……不，可可的媽媽就衝我發起火來！最後，我們家開始了一場『世界大戰』。」

「怪不得，聽到你家裏乒乒兵兵響，我還以為你家抓老鼠呢！最後『世界大戰』誰贏了？」北極蟲瞪大眼睛問道。

「真是的，我氣得要命，你居然關心誰贏了？」我瞪了一眼北極蟲，轉身說道，「對啊，誰贏了？我也忘了誰贏了，只記得我很生氣了，反正最後大家都睡着了。如果是你，你會不會也很生氣呢？」

「不會啊！為什麼要生氣？撿來的孩子，還能把我養得這麼胖，我才不會生氣呢！」北極蟲說道，他簡直是**沒心沒肺**。

唉，真是和他說不通！

我們一邊說一邊走，說着說着快到學校了。我們剛要**拐彎**，忽然看到轉角的地方有一家小店，上面寫着「生氣貓的玩具店」，木頭招牌下面有一扇紅色的小門。

「咦？這裏什麼時候開玩具店了？」北極蟲問道。

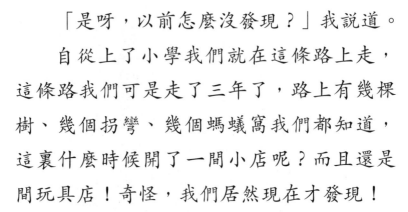

「是呀，以前怎麼沒發現？」我説道。

自從上了小學我們就在這條路上走，這條路我們可是走了三年了，路上有幾棵樹、幾個拐彎、幾個螞蟻窩我們都知道，這裏什麼時候開了一間小店呢？而且還是間玩具店！奇怪，我們居然現在才發現！

我們兩個不約而同地朝小店走了過去。走到近處一看，門上面有塊*疙疙瘩瘩*的木頭牌子，木頭牌子上歪歪扭扭地寫着一行小字：

「此店只歡迎小孩光臨，不歡迎大人光臨。」北極蟲讀道。

「嘿嘿！好奇怪的店，我們進去看看吧！」我覺得牌子上的字挺有意思的。

「別去了，放學以後再去吧，我們快

遲到了。再說了，那麼小的店，肯定沒有什麼好看的！」北極蟲嘟着嘴巴說道。

「就看一眼，看一眼就走。」說着，我拉着北極蟲的手好奇地走進了玩具店。

玩具店的紅色小門也是木頭做的，又矮又小。北極蟲側着身子才能進來，弄得門上方的風鈴**叮叮咚咚**地響。怪不得說「不歡迎大人光臨」，這麼小的門，大人也進不來啊！

我們走進去一看，我的老天啊！裏面的玩具可真多啊！大的小的，五顏六色，花花綠綠，擺得滿滿的，有一個成語叫什麼來着？**琳琅滿目**！對，就是琳琅滿目。只要你能想到的玩具，這裏全都有，我們兩個簡直看花了眼。

「你還說這家小店肯定沒有什麼好東西，快看啊，這麼多的好東西呢！」我驚歎地説道。

「是呀！這裏的玩具，比我之前去過的所有玩具店加在一起的玩具還多。」北極蟲仰着頭看，他大腦袋上的小黃帽差點兒掉下來了。

就在我們看得**眼花繚亂**的時候，只聽到喵的一聲，我們隨着聲音看去，一隻黑白花紋的胖貓從店裏走了出來。

「你看，這隻胖花貓走起路來，搖搖擺擺好奇怪。」北極蟲在我耳邊小聲説。

「搖搖擺擺不算奇怪，貓用兩條腿走路才奇怪呢！」我正説着，胖花貓一步步直立着向我們走來。

胖花貓走到近處，圍着我們轉了一圈。奇怪，我忽然覺得在哪裏見過這隻胖花貓，在哪裏呢？真是想不起來了。胖花貓用眼角看了我們一眼，撇着嘴，一臉很**不友好**的樣子。

　　「這隻貓的樣子好兇啊！」我小聲對北極蟲説道。

　　胖花貓伸出舌頭舔了一下前爪，坐在了旁邊的搖椅上，翹着腳，挺着**鼓鼓的肚皮**，看都不看我們一眼，拉着長音説道：「我是玩具店老闆，這裏的玩具只賣給小孩，不賣給大人，要買快買，不買就走。」

　　「貓會説話？」我和北極蟲異口同聲地大叫道，吃驚地看着這隻會説話的胖花貓。

貓會說話？真是奇怪！

「貓會說話就了不起嗎？就可以兇巴巴的嗎？從來沒見過這樣賣東西的！」我走到貓老闆面前大聲說道。

我心想，我才不怕你呢，再厲害也不過是隻貓嘛。

「你沒見過的東西多着呢！我這裏可不是普通的玩具店！」貓老闆瞪了我一眼。

「不過是玩具而已，有什麼了不起！我們走！」我超級討厭他那種眼神，拽着北極蟲就要往外走。

「你見過秘密武器嗎？就是那種專門

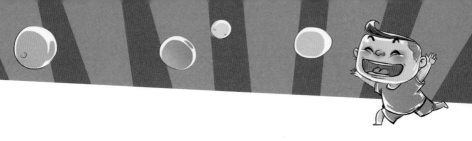

對付大人的秘密武器！」看我們要走，貓老闆轉身說道。

「**秘密武器？**什麼意思？」我對一切神秘的事情都感興趣，連忙問道。

「這裏的每一個玩具，都是專門對付大人的秘密武器。」貓老闆身子一弓躥到我旁邊，在我們耳邊神秘地說，「而且不用花錢的。」

「不用花錢？白給我們玩具嗎？」北極蟲一下子來了興趣。

「哼，想得美！當然不是白給。」貓老闆從鼻孔裏哼了一聲，「我不要錢，我要氣球。」

「氣球？」

「沒錯，就是你們生氣的時候吹的氣

球，你給我生氣氣球，我就給你換玩具。」
貓老闆把「生氣」兩個字說得很重，接着
把櫃枱上的一個彩色的盒子往我們眼前推
了推。那盒子裏放着滿滿的五顏六色的氣
球，當然都是沒有吹起來的。

　　生氣的時候吹的氣球？這還不容易？
想到這裏，我把手伸進了彩色盒子裏，想
都沒想就隨便拿了一個氣球吹了起來。我
一邊吹，一邊想着昨天晚上的生氣事，越
吹越起勁，吹了一個超級大氣球，在氣球
尾巴上用力打了一個結。

　　「給你！貓老闆。」我把生氣氣球遞
給了貓老闆。

　　「不要叫我『貓老闆』，我叫生氣
貓。」生氣貓生氣地接過生氣氣球說道。

我真不知道，這傢伙為什麼這麼生氣。

「我也吹一個吧。」北極蟲也從盒子裏拿起一個沒吹的氣球，對着口吹了起來。可是，他把**腮頰**鼓得圓圓的，還是沒有吹起來。

生氣貓一看，咂咂嘴說道：「只有生氣的氣才能吹起這個氣球的！」

「可是，我想不出讓自己生氣的事啊！」北極蟲憋得臉通紅地說道。

「等你生氣的時候再來吧！」

「可是，我從來**不生氣**啊！」北極蟲苦惱地說道。

「那就沒辦法了！我這間店不是為你開的。」說着，生氣貓一把搶過北極蟲手裏的氣球，隨手扔給我一個玩具，「給你！

這是換給你的。」

生氣貓從椅子上跳下來，圓圓的肚子隨着顫動了幾下，拿着氣球**搖搖擺擺**地走了。

我們倆拿着玩具，走出生氣貓的玩具店。

「那間店老闆的態度真是太差了！沒換來玩具也不可惜！」北極蟲説道。

「可不是嘛！」雖然沒花錢白白得到了玩具，可是我並不那麼開心。

「讓我看看你的玩具。」北極蟲説道。

我把玩具遞到北極蟲手裏，是一個小小的跳跳杆，只有手心那麼大。

「這麼小的跳跳杆，能幹什麼呀？」北極蟲問道。

我看了看玩具說明書，唸道：「高高跳跳杆，用於**緊急時刻**，大人在後面追的時候，可以利用跳跳杆彈跳起來，讓大人永遠也追不上。」

「聽起來還挺有用的！」

正說着，北極蟲忽然喊道：「糟了！我們在玩具店**耽誤**了太多時間，快遲到了！」

我看了一下手錶，老天啊！還有一分鐘，從這裏繞到校門口還有好長一段路，一分鐘我們怎麼也跑不到教室啊！

我們離學校還隔着一道高高的牆，怎麼辦呢？

「試試跳跳杆！」

我**急中生智**，把跳跳杆往地上一丟，

跳跳杆立刻變得和普通跳跳杆一般大，我倆一人踩上去一隻腳。

「這能行嗎？」北極蟲懷疑地問。

「行不行試試吧！」說着，我們面朝學校的方向，「一、二、三！跳！」

我們用力一跳，跳跳杆高高地彈了起來，飛在半空中，越過了 圍牆 。

砰的一下，跳跳杆落在了教室旁邊的草坪上又變小了，我和北極蟲從跳跳杆上摔了下來。

叮噹叮噹——上課鈴聲響了。

「好險啊！我的屁股。」北極蟲揉着摔疼的屁股。

「我的屁股也差點兒被摔成四瓣了，不過，還好沒有遲到。」

我說着，一把撿起變小的跳跳杆，和北極蟲**一瘸一拐**地走進了教室。

4 高高跳跳杆

第一節數學課下課，我忍住沒把跳跳
杆拿出來。

第二節語文課下課，我還是忍住了，
沒把跳跳杆拿出來。

第三節體育課，體育老師讓我們練習
跳遠，這次我實在忍不住了，把跳跳杆拿
了出來。

我們的體育老師叫「石頭」，他第一
次給我們上課的時候，伸出一隻手臂說：
「我姓石，肌肉結實得像石頭，以後大家
就管我叫石頭老師吧。」

看着他手臂上一塊塊像石頭一樣的肌

肉，同學們聽了**哈哈大笑**，從那以後，我們就管他叫「石頭老師」了。石頭老師屬害得不得了，他可以在單槓上像條魚一樣來回翻滾，可以一隻手做掌上壓，還可以一隻手就抓起籃球，估計他也可以一隻手抓起我們其中的任何一個人（當然除了北極蟲），然後把他從操場的這邊扔到操場的那邊去。儘管他從來都沒有這樣做過，但是我們都覺得，他一定可以。

所以，在石頭老師的課堂上大家都很乖，因為誰要是在他的課上調皮，那明顯就是「**雞蛋碰石頭**」。

這節體育課，同學們在操場旁邊的大樹下練習跳遠。

每位同學輪流到前面的沙坑那裏一個

接一個地跳，石頭老師在旁邊記下每位同學的跳遠成績。

「下一個，拉鎖。」石頭老師低着頭喊道。

哈哈，我早已經準備好了，把攥在手裏的「高高跳跳杆」往地上一丟，跳跳杆一落地就變大了。

石頭老師還是低着頭，沒有看見我的跳跳杆。

我看了一眼班裏的那些女生，心想：看我的厲害吧！我就要成為你們的偶像了！到時候，你們肯定會給我鼓掌。

我把兩隻腳放在跳跳杆上，使出全力往上一跳。

呼的一下，我離開地面彈了起來，跳

得比老師還要高，比單槓還要高，比籃球架還要高……

就在跳跳杆帶着我衝上天的時候，只見一棵大榕樹擋住了我上升的路，它的樹冠好大好大，我一頭鑽進了樹冠裏，跳跳杆掛在了樹上，我也被掛在了樹上。

「救命啊……」我抱着一根樹枝，一動不動，腿開始哆嗦了，我可從來沒爬過這麼高的樹啊！

「拉鎖，你怎麼跳到樹上去了？」石頭老師仰着頭緊張地問道。

我低着頭往下看，所有同學都抬頭看着我，有幾個女生居然還在捂嘴笑！氣死我了。

「石頭老師，快來救我啊！」我抱着

的樹枝**顫悠悠**的，好像隨時會斷掉，嚇得我眼淚都流出來了。

「你堅持住啊！一定要抓緊樹枝！我現在就來救你！」石頭老師一邊說着一邊往上爬，可是樹真的是太高了，石頭老師也爬不上來。

石頭老師馬上對旁邊的幾個男生說：「你們幾個，快去體育室把梯子搬來！哦，對了，把所有墊子都取來！越快越好！」

聽到石頭老師的話，所有的男生都朝體育室跑去。

「老師……我快……堅持不住了！」我的手抓着樹枝，胳膊好酸，手好疼，兩條腿**抖個不停**。

「拉鎖，你一定要堅持住！」石頭老

師抬着頭，我看見他急得**滿頭大汗**。

這時，只聽到咔嚓一聲，「老師！樹枝快斷了！」我帶着哭腔喊道。

「別怕！別怕！就算你掉下來，老師也會接住你！」石頭老師站在樹下，張開雙臂，像英雄一樣說道。

這時，我遠遠地看見，我們班的男生從體育室跑出來，他們有的抱着墊子，有的抬着梯子，其中北極蟲跑得最快，真不愧是我最好的朋友。

大家把墊子鋪在了樹底下，石頭老師把梯子往樹幹上一搭，爬到了我的旁邊，一把抓住了我的胳膊。

我一步步地跟着石頭老師從樹上一蹭一蹭地爬了下來，終於雙腳踩在了地面上。

同學們圍了過來，女生們大叫着鼓起掌來，可惜這掌聲不是給我的：「石頭老師太棒了！**石頭老師是英雄！**」

我還聽見幾個女生小聲嘀咕着：「真是『絕對沒大腦』。」

我抬頭看了一眼那個跳跳杆，它還掛在樹上呢，什麼破玩意，我再也不想碰它了。

我低下頭站在那裏，一動不敢動，怕石頭老師一巴掌把我再打飛到樹上，可是，老師沒有打我，他喘着氣說道：「拉鎖！0分！」

我鬆了一口氣，忽然感覺褲子**濕漉漉**的。

天哪！什麼時候尿褲子了？

 5 防曬唆泡泡槍

第二天，上學路上，我和北極蟲又來到了生氣貓的玩具店。

「生氣貓，你的那個玩具一點兒都不好！害得我都尿褲子了！」我生氣地說道。

「這裏的玩具都是秘密武器，秘密武器當然有些特別！如果你覺得這件事令你很生氣，正好可以多吹幾個氣球。」生氣貓把兩隻腳搭在桌子上蹺得高高的，看都不看我一眼。

哼！吹氣球有什麼難的？我抓起盒子裏的氣球，一下子吹了兩個。

「給你一個。」我順手遞給北極蟲一

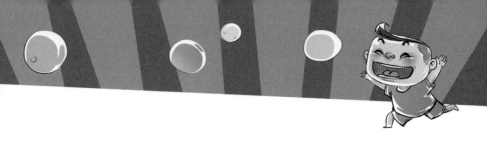

個生氣氣球。

「謝謝你，拉鎖，你對我真是太好了！」北極蟲開心地接過氣球，一個氣球也會讓他這麼開心，他總是很容易滿足。

「老闆，換個玩具。」我把氣球扔給生氣貓。

北極蟲也把氣球遞給了生氣貓，而且還**笑瞇瞇**的。真不明白，遇到這種店老闆，他還能笑得出來？

生氣貓順手遞給我倆一人一個玩具，我們從玩具店裏走了出來。

「你看，我換來了一顆扭蛋！這一定是顆非常神奇的扭蛋。」北極蟲捧着他的扭蛋，興奮地說道。

「打開看看嘛！」我說道。

「不打開，好不容易得到的，我先留
着。」北極蟲捨不得打開扭蛋，伸着脖子
問我，「讓我看看你換的是什麼玩具？」

「泡泡槍？我都不喜歡泡泡槍了，小
孩子的玩具，給妹妹玩還差不多。」説着，

我打開玩具說明書，「防囉唆泡泡槍。防止別人**囉囉唆唆**，大人、兒童都適用。」

嗯，看樣子還挺好玩的。

我把防囉唆泡泡槍偷偷藏在了書桌裏。

上午第二節課，是我們班主任秦老師的課。秦老師是一位非常嚴厲的女老師，年紀比我媽媽大，她教的是數學課。我一直覺得秦老師會「**嘟嘟神功**」，因為她說起話來，嘟嘟嘟嘟說個不停，要是有一個說話比賽，秦老師一定能得第一。

你看，下課鈴聲已經響過了，可是這個時候秦老師還在說個不停：「這麼簡單的題，你們怎麼還會有人錯呢？難的題不會做，簡單的題又不認真做，怎麼可能得

高分呢？……」

下課了，怎麼還說啊！本來小息只有十分鐘，這下子又被秦老師縮短成了七分鐘，怎麼才能讓秦老師不說了呢？

這時，我忽然想到了書桌裏的秘密武器——**防囉唆泡泡槍**。

哈哈！這個時候，正好可以試一下這個秘密武器了，可是我離得有點兒遠啊！

沒關係，就試一下。我這樣想着，從書桌裏拿出「防囉唆泡泡槍」，對準秦老師，用力一噴。

只見泡泡槍噴出一串好長好長的泡泡，其中最前面的大泡泡**不偏不倚**正好落在了秦老師的胳膊上。

「所以，大家一定要認真！不能……

咕嚕⋯⋯咕嚕⋯⋯」秦老師的話還沒說完，只見她的嘴巴裏咕嚕咕嚕冒出了一串長長的彩色泡泡。

6 泡泡風暴來了

　　秦老師一張嘴説話，就會有泡泡從她的嘴巴裏往外冒，她説的不是話，而是泡泡。冒了幾次泡泡之後，秦老師感覺到了**不對勁**，馬上捂上了嘴巴。

　　從秦老師嘴巴裏冒出的這些泡泡有的飄到了空中，有的落在了同學們的身上。

　　「泡泡！泡泡！」

　　「快看快看，飄到我這裏來了！」班裏好多同學大喊大叫道。

　　教室裏一下子**熱鬧非凡**。

　　我的同桌洛仙仙大喊道：「啊——多麼美麗的泡泡啊！啊——多麼迷人的泡泡

啊⋯⋯咕嚕咕嚕⋯⋯」還沒等她説完，一個泡泡落在了她的手心裏，她興奮地**輕輕一碰**，嘴裏也吐出了泡泡。

糟了！吐泡泡會傳染，那些泡泡落到誰的身上，誰就會吐泡泡。

再一看教室裏的同學，只要碰到了泡泡的，自己的嘴巴裏就開始咕嚕咕嚕地吐泡泡。

秦老師一邊捂着嘴巴，一邊唰唰唰地在黑板上寫下幾個大字：到操場去，遠離泡泡！

班裏最愛大喊大叫的男生蔡小強高聲喊着：「快跑啊！快跑啊！**泡泡大軍要來啦！**」

同學們你推我擠地都跑到了操場上，

我也跟着跑了出來，回頭一看，泡泡們也跟着飛出來了。

操場上還有很多其他班的同學，他們都不知道發生了什麼事，看見我們嘴巴裏往外冒泡泡，都覺得好玩極了，**蹦蹦跳跳**地追趕那些泡泡抓着玩。

「哎呀，別抓了！抓了你也會吐泡泡的⋯⋯咕嚕咕嚕⋯⋯」我正和隔壁班的同學說，可是還沒等說完，我也吐泡泡了。

結果，吐泡泡的人越來越多。操場上到處飄蕩着五顏六色的泡泡，大家有的追泡泡，有的躲泡泡，操場上一下子**亂成了一鍋粥**，而且還是一鍋咕嘟咕嘟冒泡泡的粥。

就在這個時候，石頭老師從遠處跑來。

石頭老師總是在關鍵的時候出現，他手裏拿着一個喊話筒，大聲喊道：「同學們！大家不要慌張，吐泡泡的同學請捂好嘴巴，沒吐泡泡的同學，請……咕嚕咕嚕……」

糟了，石頭老師也開始吐泡泡了。

這個時候，校長大人出現了。我們的校長大人姓張，是位胖胖的老頭子，他總是在最關鍵的時候出現（比石頭老師還關鍵的時候）。

不過張校長沒有拿喊話筒，他的後面有兩位老師抬着一塊小黑板。校長走到操場正中間，向兩位老師擺了擺手，兩位老師把小黑板放在了校長身後。

只見校長大人大筆一揮，在黑板上寫下一行大字：同學們不要慌張，請大家安

靜下來，尤其是吐泡泡的同學捂好嘴巴，不要講話。

大家不知道張校長是什麼意思，都圍了上來。張校長高高舉起右手，又寫了一行字：請吐泡泡的同學站在我的左邊。

吐泡泡的同學都非常聽話地站在了校長的左手邊。這時我才發現，只有幾個同學沒有吐泡泡，其中就有北極蟲，我不知道這個傢伙是怎麼躲過那麼多泡泡的。

秦老師戴着一個大大的口罩走了過來，身後還有一個巨大的袋子，秦老師從大袋子裏拿出口罩一個個地發給吐泡泡的同學。

張校長又寫道：請大家戴上口罩，用鼻子呼吸，不要用嘴巴呼吸，我要看看泡

泡是從哪裏飄出來的。

　　張校長剛寫完這幾句話，只聽到北極蟲大聲喊道：「校長，**我知道泡泡是從哪兒來的！**」

7　第三次去玩具店

　　所有人都看着北極蟲，他又對着我喊了一句：「都是泡泡槍惹的禍……」

　　我一見**大事不妙**，趕快把口罩摘下來，對着北極蟲咕嚕咕嚕猛噴了一串泡泡。北極蟲立刻說不出話來，因為他的嘴巴裏也開始吐泡泡了。

　　剛剛好險啊！討厭的北極蟲，差點兒把我出賣了！

　　張校長不知道北極蟲在說什麼，遞給他一個口罩，然後在黑板上又寫下一行字：所有人，放學前禁止講話，防止泡泡**擴散**。

　　是呀，泡泡擴散了可就麻煩了，全城

的人、全國的人、全世界的人都要吐泡泡了，那可不得了，那地球就不能叫地球了，得叫「泡泡球」了，那簡直太可怕了！

我們都陸陸續續地回到教室，這下子沒人敢說話了，所有班級老師停止講課，同學停止回答問題。

不過，老師們可不會讓這些時間白白浪費，秦老師在黑板上寫下兩個大字：考試！

我的天哪！老師真有辦法，考試是不用說話的。

嗚嗚，這一天我們好慘啊，因為我們考了一天的試，考完數學考語文，考完語文考英語。雖然大家都不願意考試，但是每個人都**毫無怨言**，呵呵，主要是不能說

話，哪來的**怨言**啊！

這一天我老實得很，低着頭在座位上默默地答題，生怕引起大家的注意。要是同學們知道是我害得所有人一天不能說話，非恨死我不可。

快放學的時候，我拿着泡泡槍偷偷摸摸地來到了洗手間，左看看，右看看，沒有人。於是**戰戰兢兢**地把泡泡槍裏的泡泡水咕咚咕咚全都倒在了洗手間的洗手盆裏面，然後把水龍頭開到最大，狠狠地把泡泡水全都沖走了。看着泡泡槍裏的泡泡水被沖走了，我忽然覺得輕鬆了許多，不知道這樣子會不會讓泡泡風暴消失。

我這樣祈禱着，就在這個時候，只覺得有人從後面拍了一下我的肩膀，嚇得我

手裏的泡泡槍啪的一下掉在了洗手盆裏。

我回頭一看，是北極蟲這個傢伙。

「你快把我嚇死了！」我大叫道。

「你在幹什麼？」北極蟲問道。

「我……」我剛想回答，忽然發現哪裏有點兒不對。

「哈哈！我們能正常説話了，我們不吐泡泡了！」我興奮地大叫起來，果然沒有吐出泡泡來。

「我就説嘛！就是你的這個泡泡槍惹的禍！」北極蟲説道。我一下子捂住他的嘴巴，生怕被第三個人聽到。

唉！這回我可知道什麼叫「*作賊心虛*」了。

我們回到教室一看，果然大家都不吐

泡泡了，之前的泡泡也都消失了。我擦了擦額頭上的汗，心想：幸好這場「泡泡風暴」刮過去了，好險，地球差點兒變成「泡泡球」了。

「走啊，放學了，絕對沒大腦。」放學時，北極蟲叫我。

「你走吧，我還有事。」我不開心地對他說道。北極蟲出賣我的事，讓我很生氣，我這陣子都不想理他了。

「你有什麼事？」北極蟲問道。

「我有我的事，你先走吧，好不好？」我沒好氣地說道。北極蟲一聽我這樣說，嘟着嘴巴走出教室。

我哪裏有什麼事？就是不想和他一起回家了。等他一個人走了之後，我背着書

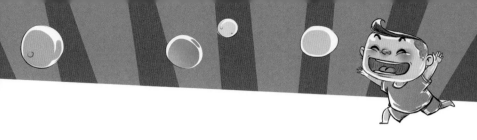

包慢慢悠悠地走在放學的路上。

一個人去哪兒呢？去玩具店吧，我要找生氣貓**算賬**。這樣想着，我又來到了生氣貓的玩具店。

「喂！我說生氣貓，你給我的都是些什麼破玩具？就算是不要錢也不能害我啊！」一進門，我就生氣地說道。

「破玩具？破玩具大家都搶着要呢！如果真是破玩具，你就不會來了！」生氣貓生氣地說道。

生氣貓說得沒錯，我就是想來這裏生一下氣，然後吹個氣球，再換個玩具。

我把吹好的生氣氣球遞給他，生氣貓給了我一小張貼紙。

「**貼紙？**」我拿在手裏看了一下，貼

紙上只有一個小球的圖案，「貼紙是小孩子玩的，我不想要貼紙，有沒有更好一點兒的玩具？」

「拿着吧！最近很流行這種貼紙的。」生氣貓沒有理我，捋了捋他的**鬍子**，又摸了摸他的大肚子，轉身走了。

我拿着貼紙，一邊看一邊往家走，貼紙背面印着一個小小的說明書：「防吼叫貼紙，用於大人對小孩子吼叫的時候。」看到這幾個字，我來了興趣。

「哈哈！媽媽總是吼我，這可真是為媽媽**量身訂做**的啊！」

想到這裏，我開心地跑回了家。

8 防吼叫貼紙

　　我剛一走進家門，看到媽媽提着一袋青菜從門外走了進來，妹妹可可沒有跟在後面。

　　「媽，可可呢？」我問道。

　　「她一大早就被奶奶接走了，估計要住幾天才能回來。這幾天啊，就我們兩個在家，你爸爸也**出差**了。」媽媽一邊說着，一邊提着袋子進了廚房。

　　哈哈！真是個好機會。我準備試一試這個秘密武器——防吼叫貼紙。

　　我拿出了防吼叫貼紙放在手裏，翻來覆去仔細地看了看。上面只有一個小球的

圖案，看起來這張貼紙和普通貼紙也沒什麼兩樣，如果我把它貼到媽媽身上，會有什麼事情發生呢？媽媽會在大吼的時候忽然停止說話，還是聲音一下子變得像蚊子的聲音一樣小？應該不會傷害到媽媽吧？

前兩次的秘密武器，可是都闖禍了！沒事的，不過是張小貼紙嘛，如果發現情況不對，就把貼紙從媽媽身上撕下來，那樣媽媽就可以恢復正常了。

我想了又想，大腦裏好像有兩個小人兒在吵架，最後，那個想要試一試的小人兒勝利了。好吧，那就試一試吧。

做功課的時候，我故意把頭低下，心想：這樣媽媽一定會對我大吼。果然，媽媽看見我低着頭，她雙手叉腰，生氣地大

吼道：「説你一百次，就是記不住！做功課時，把頭抬起來！」

媽媽的聲音好大，隔壁的北極蟲聽見了，大聲説：「不是一百次，是一百零七次了！」

討厭的北極蟲，就你多嘴！我裝作沒聽見，在媽媽大吼的時候，悄悄地把防吼叫貼紙撕了下來，偷偷往媽媽身上一貼。

咦？我只是眨了一下眼睛，媽媽怎麼一下子不見了？怎麼回事？我只是想讓她聲音小一點兒，可沒讓她消失啊！我一下子呆了。

這時，我低頭仔細一看，地上有一個彈力球在一蹦一蹦的。我把彈力球拿起來捧在手心裏，好奇怪的彈力球啊，只見彈

力球上長了兩隻眼睛、兩隻小手、兩條小腿，兩隻小腳上還穿着粉紅色拖鞋。粉紅色拖鞋？那是媽媽的拖鞋！

「我的天，**媽媽變成彈力球了！**」我忍不住大喊道，手裏的彈力球跌落在地上，蹦得老高。

變成彈力球的媽媽嘴巴還是嘟嘟嘟嘟說個不停，可是我根本聽不懂，不管她說的是什麼，反正這下子我不會聽見媽媽大吼。過了一會兒，媽媽大概是喊累了，終於停下來。

剛開始，知道媽

媽變成了彈力球，我還有點兒接受不了，不過，吃晚飯的時候，沒有聽到媽媽對我大叫，忽然覺得很輕鬆，心想：這個樣子也沒什麼不好的。

晚上，我讓媽媽睡在了妹妹的玩具牀上。可可一定想不到，玩遊戲用的牀，給自己媽媽用上了，哈哈，這下子媽媽可舒服囉！

「媽媽，你就在這裏睡一個晚上吧，明天你就可以變回原來的樣子了。晚安！」我把一塊手絹當作被子，蓋在彈力球媽媽身上。媽媽伸出她那小小的手，**嘰里呱啦**地對我說了一通，看我聽不懂，她就一下子從小牀上跳了下來，兩三下蹦到了大門跟前，然後指着鎖頭嘰里咕嚕又說了一通。

哦，我終於明白了，媽媽是提醒我鎖上大門。

我把大門鎖上之後，又把媽媽送回了小牀上，用我的大嘴巴對着媽媽的小臉蛋兒親了一口，這叫 *晚安之吻*。幫她蓋上小手絹，再把她的那雙小拖鞋放在旁邊，然後我關上房門回到了自己的房間。

哈哈！我立刻感到從來沒有的輕鬆。一想到今天晚上，我可以想什麼時候睡覺就什麼時候睡覺，可以邊做功課邊玩，就算睡覺之前不刷牙、不洗澡，也不會聽到媽媽大吼，真是太爽了！

就這樣，我盡情地做着平時想做卻不能做的事情，遊戲一關接一關地打，漫畫一本接一本地看，真是個自由的夜晚！

第二天早上，我**迷迷糊糊**地從牀上起來，一看鬧鐘，我的天哪！要遲到了！

「媽媽！你怎麼沒叫我起牀？」我跑到廚房，媽媽沒在廚房做早餐，這時我才想起來，昨天晚上媽媽變成了彈力球，這會兒她應該變回來了吧？

我連忙跑到妹妹的玩具牀上一看，我的天哪！媽媽還是彈力球，根本沒有變回來。

「媽媽，媽媽，快醒醒！」我趕快叫醒了彈力球媽媽。

媽媽用她的小手**揉揉眼睛**，沒睡醒的樣子。

我左看右看，仔細在彈力球媽媽的身上找那個小小的貼紙，希望能把它撕下來，

讓媽媽恢復原來的樣子，可是怎麼找都沒有找到。這下子麻煩大了！

不行！我要帶着媽媽去上學，不能把她一個人放在家裏，萬一她從陽台上摔下去怎麼辦？萬一她掉到馬桶裏怎麼辦？萬一她跑進了冰箱裏，凍成冰球怎麼辦？

來不及了，我要吃點早餐去上學了。可是，每天都是媽媽早早起來做早餐的，我趕快從冰箱裏倒了兩杯牛奶，唉！媽媽變成了彈力球，牛奶都要喝冰涼的了。

我喝一口牛奶，把另一杯牛奶放在了彈力球媽媽面前：「媽媽，這樣你不方便喝吧？我給你取個吸管吧。」説着，我去廚房取吸管，這時聽到撲通一聲。

我回到桌子旁邊的時候，媽媽不見了，

只看見牛奶杯子裏面在咕嘟嘟地冒泡。

我的天哪！**媽媽掉進了牛奶裏！**

9 上學路上歷險記

我趕快用勺子在牛奶裏撈啊撈啊，總算是把媽媽給撈出來了。媽媽躺在餐桌上，咕嚕嚕打了幾個嗝，一攤牛奶流到了餐桌上。我的媽呀！媽媽差點兒被牛奶淹死了，還好是**有驚無險**啊！

「下次游泳課的時候，你跟我一起學吧！」我一邊說着，一邊用紙巾幫媽媽擦了擦，然後把她放在了校服口袋裏。

來不及吃早餐了，我喝了幾口冷冰冰的牛奶，一手提鞋子，一手拿起書包，嘭的一聲關上門，跑着上學了。

我一路小跑着回校，累得**氣喘吁吁**，

就在快要到學校門口時，正好看見兩隻討厭的**流浪狗**擋在了我前面。平時偶爾也會遇到這兩隻流浪狗，只要我一蹲下假裝撿石頭，牠們就會跑遠了。

這一次，我還是用老辦法，蹲下身子假裝撿石頭，可是不知道怎麼回事，那兩隻狗沒有跑，反而往前走了兩步。

「別擋着！我快遲到了！」我對着兩隻流浪狗大聲喊，可是牠們用鼻子**猛勁地**聞啊聞啊，根本不理我。

「快躲開啊！我這裏沒有吃的！」我大聲喊着。就在這時，彈力球媽媽一下子從我的上衣口袋裏蹦了出來，蹦到了兩隻狗的面前，雙手一張，小小的身軀擋在我的前面。

我的媽媽呀，你哪裏是牠們的**對手**啊？

彈力球媽媽左蹦一下，右蹦一下，在兩隻狗的面前來回蹦。

「媽媽，快回來！快回來！現在不是玩的時候，牠們會把你吃了的！」我看着媽媽在狗面前蹦來蹦去，緊張得差點兒哭出來。

只見一隻狗用爪子去抓彈力球媽媽，媽媽**輕輕一蹦**，沒抓到。另一隻狗汪汪地吼了兩聲，也伸出爪子去抓，還是沒有抓到。

媽媽好像覺得這樣很有趣，對着牠們雙手叉腰來回跳。

兩隻狗一齊朝媽媽咬了下去！大事不

妙！

　　我的媽呀！這可怎麼辦？我撿起路邊的一根棍子，大喊：「快把我媽媽吐出來！」

　　兩隻狗的腦袋撞到了一起，媽媽一下子跳到了我這裏。

　　原來媽媽不是在跟牠們玩，她是在保護我！幸好牠們根本沒有咬到媽媽。

　　「媽媽，快走！」我把彈力球媽媽攥在手心裏，飛快地朝學校跑去。

10 彈力球媽媽愛惹禍

小息時，北極蟲屁顛屁顛地跑到我跟前：「絕對沒大腦，告訴你一個奇怪的事，你還記得嗎？我從生氣貓那裏換來的那顆扭蛋……」

「以後別跟我提生氣貓！一提我就生氣！」我嚴肅地說道。

「我每天孵那顆扭蛋，給它唱歌，給它講故事，你知道嗎？它變大了！它每天都在長大！」北極蟲手舞足蹈地說道。

「北極蟲，不要和我說了，我對孵蛋不感興趣。你忘了你出賣我的事了？我現在還在生氣呢！」我覺得有必要提醒他一

下。

　　「我沒有出賣你啊！」北極蟲好像不
知道我在說什麼。

　　「還說沒有？泡泡槍的事，你忘了？」
我又一次提醒道。

　　「哦，你是說泡泡槍的事啊！那不叫
出賣，我又沒說你的名字。」北極蟲說着，
上課鈴聲響了。

　　我趕快回到自己的座位上，小聲對媽
媽說：「媽媽，我現在要上課了，你一定
乖乖地在書桌裏，不許跳出來，也不許發
出聲音，知道嗎？」

　　我看了看彈力球媽媽的反應，她一臉
無所謂的樣子，好像根本不在乎我說什麼。

　　我本來想把她放在文具盒裏的，但是

覺得那樣太**委屈**媽媽了，想來想去把媽媽藏在了書桌裏。

這節課是秦老師的數學課，秦老師很嚴厲的，媽媽你千萬不要出來**搗亂**啊！

還好，數學課已經講到一半，媽媽只是在課桌裏蹦了幾下，沒有被秦老師發現。

「這道例題已經講完了，現在我要請一位同學到黑板上來算一下這道練習題。」秦老師指着黑板上的一道練習題問道，「誰來呢？」

其實那道題我會，可是要在黑板上作答，讓那麼多人看着，我可不敢！

我正這樣想着，只見我的彈力球媽媽一下子從書桌裏彈了出來，跳個不停，還舉着一隻手，意思好像在說「叫我，叫

我」。

　　我瞪大了眼睛，心想：媽媽呀，你總讓我上課**積極**回答問題，可是你也不用這麼積極呀！我一邊想，一邊伸手去抓她。可是秦老師一眼就看見她了，還沒等我抓住，秦老師已經走到我的面前，一把抓住了彈力球媽媽，啪的一下把彈力球按在桌子上。

　　「拉鎖！你怎麼回事？上課時居然玩玩具？你是第一天來上學嗎？」秦老師非常生氣，可憐我的媽媽被按在桌子上。我低頭看着她，她用兩隻小手緊緊地抱着頭，嚇得**一動不敢動**。

　　接下來秦老師又說了一大堆教訓我的話，可是，我根本沒聽老師在說什麼，只

聽到她最後一句說:「這個球**沒收**了,明天把你的家長叫到學校來!」

我眼睜睜地看着彈力球媽媽被秦老師放進了衣袋裏。

嗚嗚……

我想說:秦老師,*我的家長已經被你沒收了。*

11 拯救彈力球媽媽

下課之後，我快速地跑到北極蟲座位旁。

「你出賣我的事情，我原諒你了。你幫我從老師那裏拿回彈力球好不好？」我**着急地**説道。

「不就是一個彈力球嗎？我家裏有好多呢，要不我送一個給你吧！」北極蟲大方地説道。

「那不是一個普通的彈力球！」我大聲説，然後馬上轉成小聲對着北極蟲的耳朵悄悄説道，「那是我媽媽！」

一聽我這麼説，北極蟲**糊塗**了。

沒辦法，我只能把在生氣貓的玩具店換來防吼叫貼紙，昨天晚上給我媽媽貼上了，然後媽媽就變成了彈力球的事情從頭到尾跟北極蟲講了一遍。

　　北極蟲聽完大聲說：「沒問題，這件事包在我身上！我一定幫你把媽媽救出來！」

　　我連忙摀住北極蟲的嘴巴，看看左右：「小聲點，別讓別人知道！媽媽變成了彈力球，又不是什麼光榮的事。」

　　北極蟲也趕快摀住了自己的嘴巴。

　　「所以，現在我需要你的幫忙，把我媽媽從教員室裏救出來。」我趴在北極蟲的耳朵邊，把我想到的辦法悄悄告訴他。

　　上完最後一節課，按照我們計劃好的，我和北極蟲跑到教員室。我偷偷地躲在門

外面，看見教員室裏只有秦老師一個人。

　　「這次全靠你了！」我在教員室門口
拍了拍北極蟲的肩膀對他說道。

「可是，為什麼你自己不去？」北極蟲問道。

「咱們不是**商量**好的嘛！我去就太明顯了！」

「可是……」北極蟲還是有點兒猶豫。

「可是什麼呀？想想我媽媽對你有多好，你吃了多少次我媽媽做的蛋糕？」我說道。

「那好吧。」北極蟲拿着數學書，不太情願地敲了敲教員室的門。

「請進。」秦老師坐在電腦前忙碌着，抬頭一看是北極蟲，「重北極同學，什麼事啊？」

「秦老師，我想……我想耽誤您幾分鐘時間，問您一道題。」北極蟲**支支吾吾**

地說道。

「好啊！難得你跑到教員室來問我。說吧，哪道題不會？」秦老師很開心的樣子。

「就是……就是這道應用題。」北極蟲打開書，指著書上的一道題。

「這道題啊……」秦老師看了看題，剛要說些什麼，這時，我在門外捏著鼻子大聲說：「秦老師，校務處有您的快遞！」

秦老師朝門外看了一眼，對北極蟲說：「等一下。」

說完，秦老師從教員室走了出來，我躲到了窗戶底下，看著秦老師朝校務處走去。

「快！北極蟲，快找找！」我趴在窗

戶邊對北極蟲低聲叫道。

北極蟲點了點頭，馬上拉開秦老師的第一個抽屜，開始找彈力球，他翻了幾下，朝我搖了搖頭。

「下一個，下一個抽屜！動作快點！」我往下指了指，輕聲說道。

北極蟲點了點頭，打開第二個**抽屜**繼續找。

就在這時，忽然有人從後面拍了一下我的肩膀：「拉鎖，你在這裏幹什麼呢？」

「媽呀！」我嚇得**渾身一抖**，從窗戶上掉了下來。

回頭一看，嗚嗚……不是別人，正是秦老師。

12 消失的玩具店

　　我被「請」進了教員室，和北極蟲站在一起。

　　「說吧，你們倆是不是商量好的？」秦老師問道。

　　我倆低着頭不敢說話。

　　「你們是不是在找這個啊？」秦老師拉開最後一個抽屜，就是北極蟲來不及打開的那個抽屜。

　　我往裏面一看，彈力球媽媽居然在裏面**呼呼大睡**呢。

　　「嗯。」我點了點頭。

　　「你們兩個啊！唉！為什麼不能把心

思用在學習上呢？」秦老師歎了口氣。

「對不起，秦老師。我錯了！」我心裏有說不出的難過。

「拉鎖，其實你只要主動向老師認錯，老師能不把球還給你嗎？為什麼要讓重北極來**假裝**問問題呢？」

「老師，你是怎麼知道的？」北極蟲連忙問道。

「怎麼知道的？」秦老師搖了搖頭，笑了笑，「我做了你們班主任三年了，你們**眼珠一轉**，小腦袋裏想些什麼，我能不知道嗎？」

「老師，我們錯了。」我又一次認錯，心裏真的很後悔。

「好了，既然知道錯了，明天不用叫

你家長來學校了，這個小球還給你。記住，
下次上課不許拿出來了，聽到沒有？」秦
老師把彈力球媽媽從抽屜裏拿出來，遞到
我手上。

　　我心裏樂開了花，忽然覺得秦老師也挺好的，連忙接過彈力球放進了口袋裏，心想：我家長已經來過學校了。

　　「以後有事直説，不要**偷偷摸摸**。」秦老師又補充道，「哦，重北極，你問我的那道題是我們下一堂課要講的，你們回去吧。」

　　我和北極蟲一聽，連忙給秦老師行了個禮，離開了教員室。

　　從教員室一出來，我們倆就拿起書包朝學校外面跑去。

　　北極蟲一邊跑一邊**埋怨**我：「絕對沒大腦，都怪你！害死我了！」

　　「北極蟲，你怎麼拿還沒有學過的題去問老師？老師一下子就看出來了。」我

說道。

「和你在一起准沒好事！你也不想想，秦老師算過那麼多數學題，我們這點**小把戲**怎麼能騙得了她呢？」北極蟲說得很有道理。

「現在想想秦老師也沒那麼**嚴厲**。」我說道。

正在這時，我看見路邊有一個賣棉花糖的小攤：「好了，好了，我現在要去找那個生氣貓，問問他怎麼才能把我媽媽變回來，你陪我去好不好？回來我請你吃棉花糖。」

「棉花糖？嗯，這還差不多。」一聽我說要請吃棉花糖，北極蟲一下子就開心了。

媽媽變成彈力球

　　我們朝着生氣貓的玩具店走去。

　　走到**轉角處**一看，咦？不但沒看到玩具店，就連玩具店的那個小紅門都不見了。原本那間小店的位置什麼都沒有，只有空空的一面牆！怎麼回事？那個寫着「生氣貓的玩具店」的招牌呢？那扇紅色的小門呢？都到哪裏去了？真是好奇怪啊！是不是找錯地方了？我們又在周圍找了找，沒錯，就是這個地方，可是什麼都沒有了！

　　這下糟了，生氣貓不見了！媽媽不會再也變不回來了吧？一想到這裏，我忽然**擔心**起來，把手伸進口袋裏，想看一看我那可憐的彈力球媽媽。

　　「我媽媽呢？！」我大叫道。

　　「秦老師給你的時候，你不是放在口

袋裏了嗎？」北極蟲說道。

我又仔細地摸了摸口袋，口袋是平平的，手是空空的，什麼也沒摸到。

「完蛋啦！**我把媽媽弄丟啦！**」我大腦裏嗡的一聲響，哇的一下哭出聲來。

　　媽媽掉進牛奶裏的時候，我沒有這麼怕過；媽媽被流浪狗追的時候，我也沒這麼怕過；就算媽媽被秦老師沒收了，我都沒這麼怕過。那些時候，即使知道有危險，我都知道媽媽在哪裏，我知道，只要有媽媽在，危險很快就會過去。可是現在，我看不見她了，我**心裏發慌**，真的害怕了。

　　我害怕看不到媽媽的時候，就算她是一顆彈力球，我還能看見她，我還是知道她在我身邊，可是現在她在哪兒啊？她那麼小，掉到哪裏都找不到了。

　　「我把媽媽弄丟了！我把媽媽弄丟

了！」我看看周圍，看看空空的口袋，哇哇大哭起來。自從媽媽變成了彈力球，我還從來沒哭過，因為我從來沒有像現在這樣害怕過。

「拉鎖，你別哭了，一定會找到的。」北極蟲安慰我。

「媽媽，你在哪兒啊？你要是不想變回來，也沒關係……嗚嗚……一直是個彈力球，我就一直把你帶在身上……可是現在你在哪兒啊？」我一邊哭着，一邊**東張西望**地開始找着，希望能看到媽媽那小小的身影。

這時，我忽然看到馬路邊上的小店前面有一台彈力球販賣機，就是那種圓圓的大球裏面有很多彈力球，只要往裏面投幣，

就會有彈力球蹦出來的機器。

在那裏！媽媽一定在那裏！我這樣想着，衝到彈力球機旁邊。圓球是透明的，我能看到裏面花花綠綠的彈力球。我迅速擦乾眼淚，但是還是看不清哪個是媽媽。

我連忙拿出零用錢往彈力球機裏面投了一枚硬幣，一個彈力球蹦了出來——不是；我又投了一枚硬幣進去，一個彈力球蹦了出來——不是；我一邊哭一邊把我所有的硬幣一個個地投進去，彈力球一個接一個地從機器裏面蹦出來——可是都不是。

「媽媽！你在哪兒？」我哭喊着，拚命地用力搖晃着彈力球機，可是彈力球機紋絲不動。

「拉鎖，走吧，可能不在這裏。」北
極蟲拉了拉我的*胳膊*。

我越哭越難過，因為是在學校門口，
很快圍了好多同學。

有的同學過來問我：「你別哭了，你
媽媽長什麼樣啊？」

「嗚嗚……」我不想回答。

「你就在這裏等她，她很快就會來找你的。」又有同學説。

「嗚嗚……」我還是不想説話。

北極蟲也着急了，連忙説：「拉鎖，你可別哭了，一會兒把老師招來了！」

一聽北極蟲這麼説，我漸漸止住了哭聲，我可不想讓老師知道我媽媽是個彈力球。

「該死的生氣貓！該死的玩具店！都是那隻生氣貓害的！別讓我再見到他！」我擦擦眼淚不哭了，氣鼓鼓地説道。

「其實啊，你也不能怪生氣貓，那間玩具店就是給愛生氣的人開的，要怪就怪你**太愛生氣**了！」北極蟲説道。

「那我現在怎麼辦？去哪兒找我媽媽呢？我把媽媽弄丟了。」說着，我的眼淚又流下來了。

「所有人生氣的時候都是『絕對沒大腦』。所以你先消消氣，說不定，你不生氣了，媽媽就出現了呢！」北極蟲安慰道。

「好了，我還有一點兒零錢，去買兩個棉花糖，說不定吃完棉花糖，媽媽就會出現呢。」北極蟲說完，跑到馬路對面去買棉花糖。

我看着他的背影，心想：其實，北極蟲是挺厲害的，我很少見到他生氣，也沒見過他亂發脾氣。看來，我真的應該向北極蟲學習一下！

一會兒過後，北極蟲就拿着兩團大大

的棉花糖回來了。

「給你。」北極蟲把一大團棉花糖遞給我。

我接過棉花糖，**張開大口**就要咬下去。北極蟲一下子攔住了我：「不要生氣，不要着急，喘口氣，慢慢吃，像我一樣。」說着，北極蟲用舌尖舔了一口棉花糖，然後又用舌尖在棉花糖上繞了一個圈。

看着他吃的樣子，我擠出了一個小小的笑容，也學着他的樣子舔了一口棉花糖，接着又舔了一口。

「啊——」我的棉花糖裏怎麼有個硬硬的東西？

仔細一看，棉花糖裏露出一隻小小的粉紅色拖鞋。

「啊——媽媽在棉花糖裏！」我把媽媽從棉花糖裏拽了出來，看到她的身上都沾滿了棉花糖，我的眼淚又掉了下來。當然，這次是激動的眼淚。

我的媽媽呀！還好我剛剛沒有一口咬下去，不然媽媽就被我吃掉了。

昨天真是驚險的一天啊！

今天，我決定要穿個帶**拉鎖**的衣服。沒錯，不是因為我叫「拉鎖」就穿帶拉鎖的衣服，是因為把彈力球媽媽放在帶拉鎖的口袋裏，就不怕她到處跑了。

我終於明白，奶奶為什麼給我起「拉鎖」這個名字了，因為「拉鎖」這個小東西，實在是太好用了！

整整一天，彈力球媽媽都**安安全全**地在我的口袋裏。雖然第二節課的時候，媽媽在口袋裏蹦了幾下，但是還好沒有跳出來，真的是走運啊！不過其他同學可沒那

麼走運。

說起來也奇怪，上午每節課都有同學的玩具被老師沒收。第一節課，有兩個同學的玩具被語文科老師沒收了；第二節課，有三個同學的玩具被英語科老師沒收了；第三節數學課，又有五個同學的玩具被秦老師沒收了……今天是「沒收玩具日」嗎？每節課都有同學被沒收玩具，老師們都快**氣瘋**了。

這是怎麼回事呢？就連北極蟲也覺得不對勁了：「為什麼那麼多同學都把玩具帶到學校來呢？還都被老師沒收了！」

「是呀！上一年級的時候，老師就說過不能帶玩具上學，可是大家為什麼一起把玩具帶到學校來了呢？」我疑惑地問

道。

「那你還不是把彈力球帶來了？」北極蟲説。

「我的彈力球不是玩具，你又不是不知道。」我説道。

我看着那幾個被沒收玩具的同學，一個個**愁眉苦臉**的樣子，想起自己的彈力球媽媽被沒收的時候了。

「説不定……」我和北極蟲互相看了一眼，迅速地捂住自己的嘴巴，我們的想法一樣，小聲説道，「説不定，他們的也不是玩具呢！」

不行，我要去問問。

最後一節課下課了，大家都在收拾書包。

「蔡小強。」我走到蔡小強旁邊。

「幹嗎？絕對沒大腦，別叫我，我煩着呢！」蔡小強愁眉苦臉地說道。上午第三節課，他的超人模型被秦老師沒收了。

「我想問你是不是也去了生氣貓的玩具店？」我繼續說道。

蔡小強一聽，把頭抬了起來。就在這時，教室裏忽然非常安靜，好多同學都看着我。

「什……什麼玩具店？我……我沒去。」蔡小強又把頭低下了，很小聲地說道。

「哦，沒關係，好像是我猜錯了。我還以為……算了，不說了。」我轉身回到了自己的座位上，繼續收拾書包。

「我去了生氣貓的玩具店。」這時，
我聽到同學中有人説道。

15 變成玩具的家長們

我抬頭一看，說話的是我的同桌洛仙仙。

「我用生氣氣球從生氣貓那裏換來了貼紙，他說那是最近最流行的玩具，叫防吼叫貼紙。貼紙上有隻暴龍，我把貼紙往媽媽身上一貼。結果，媽媽就變成了暴龍玩具。可是，今天早上，我的暴龍媽媽從書桌裏跑了出來，被老師給沒收了！嗚嗚⋯⋯」洛仙仙哇哇大哭起來。

一聽洛仙仙這麼說，好多同學都站了起來。

「我也去了生氣貓的玩具店。」

「我的爸爸變成了墨鏡俠。」

「我的媽媽變成了粉紅精靈。」

「我的媽媽變成了鏈車玩具，上午老師沒收了。」

「我的……」

大家**七嘴八舌**地說了起來，看來同學們都憋了好幾天了。

「沒有想到，大家都去了玩具店，都換了防吼叫貼紙啊！」我**大吃一驚**。

「其實……其實，我也去了那個生氣貓的玩具店，今天老師沒收的超人模型，就是我爸爸變的。我們應該去找生氣貓，讓他把我們的爸媽變回來！」蔡小強氣憤地說道。

「對！我們應該去找生氣貓。」同學

們**義憤填膺**地說。

「不用找了，我已經找過了，沒有找
到他。玩具店也不見了，那個地方變成了
一面牆，什麼都沒有了。」我搖了搖頭。

「絕對沒大腦，你是怎麼知道我去了
生氣貓的玩具店？」洛仙仙問道。

「因為，我也去了那間玩具店，我的
媽媽也變成了玩具。不過……不過，樣子
有點兒小……」我小聲說道。

「你媽媽變成了什麼玩具？」

「彈力球。」我從口袋裏拿出了彈力
球媽媽。

唉，我總是這麼倒霉，就連媽媽變成
的玩具都沒有別人的酷。

「哇！你的媽媽好可愛！」洛仙仙看

着我媽媽兩眼發光，大叫起來。

「哇！她的小拖鞋好漂亮！」

「哇！我想把她捧在手心裏！」忽然，一羣女生把我圍了起來，搶着看我的彈力球媽媽，還從來沒有這麼多女生圍着我呢！

這個時候，我忽然覺得，有個彈力球媽媽也挺不錯的。

「要是我的媽媽也變成彈力球就好了！全班同學只有我的爸媽沒有變成玩具。」北極蟲羨慕地説。

彈力球媽媽在課桌上跳來跳去，女生們都瞪大了眼睛看。

就在這時，一輛閃着燈的玩具警車「嗶嗶嗶嗶——」地開了過來，繞着彈力球媽

媽開了一圈，媽媽立刻安靜下來，不跳也
不蹦了。

16 玩具大鬧教員室

　　同學小豆包從角落裏跑了過來，一把抓起那輛玩具警車。

　　「對不起啊！都怪我沒有看好爸爸！對不起啊！」小豆包推了推眼鏡，很不好意思地說。

　　「沒事了，你要看好你爸爸啊！看樣子我媽媽挺怕這個玩具警車的。」我嘟囔着說。

　　就在這時候，教室外有人大喊：「快去看啊！快去看啊！**玩具大鬧教員室了！**」

　　同學們一聽，大事不妙，一齊朝教員

室跑去。

教員室外面被同學們圍得**水泄不通**，我好不容易擠到了前面。

教員室裏可真熱鬧！一大堆玩具打了起來，暴龍大戰超人，玩具鏟車追着粉紅精靈到處跑，機械人拽着墨鏡俠的胳膊，汪汪狗咬着小黃鴨的耳朵……這些都是被老師沒收了的玩具，不知道怎麼回事，在教員室裏打成一團。

因為已經是放學時間了，教員室裏只有一位秦老師，秦老師大喊道：「別打了！」

可是這些玩具根本不聽。這些玩具真是**膽大**，居然連秦老師的話都敢不聽！

我摸了摸口袋，還好，媽媽還在，要

是她也參加這場混戰，肯定會第一個被打扁的。

　　「怎麼辦啊？怎麼辦啊？我們的爸媽都打起來了！」洛仙仙皺着眉頭大聲叫道。

「還好，我爸爸沒有被沒收。」小豆包慶幸地說道。

唉！真是誰的爸媽誰心疼啊！

正在這時，我忽然想到了什麼，對着人羣中的小豆包同學大喊：「小豆包，快把你爸爸拿出來！」

「你説什麼？」小豆包沒太聽懂。

「就是你的玩具警車啊！」我大聲説道。

「哦！對啊！」小豆包一聽我的話，馬上也想起來了，拿出了他的玩具警車爸爸。

他的玩具警車爸爸，閃着燈「嗶嗶嗶嗶——」地朝着打架的玩具們開了過去。説也奇怪，玩具們一聽到警車的聲音立刻安靜下來，一個個**規規矩矩**地站在那裏。哈哈！太好玩了！他們只聽玩具警車的

話。

　等所有的玩具都安靜下來之後，好多同學**陸陸續續**地走進了教員室，不用說也知道，他們都是玩具被沒收了的同學。

　「對不起，老師。」同學們低着頭齊聲說道。

　「老師，我們下次再也不敢了。」

　「老師，請原諒我們吧。」

　沒等秦老師說話，同學們一個個地承認了錯誤。

　秦老師是個**刀子嘴豆腐心**的人，看着大家的樣子，歎了口氣說：「是誰的玩具，自己拿回去，以後誰要是再拿玩具到學校來，就讓你們的家長過來！」

　同學們連連點頭，各自拿着玩具離開

了教員室。

　　只聽到秦老師在後面自言自語道：「現在這些玩具是怎麼設計的，都這麼暴躁啊！」

　　同學們從教員室出來之後，大家拿着自己的玩具，圍坐在一起。既然大家的爸媽都變成了玩具，現在也不用**偷偷摸摸**地怕別人知道了。

　　「這可怎麼辦呢？這些家長總是在我們上課的時候跑出來。」蔡小強說道。

　　「是呀，總不能把他們都關起來吧，就算變成了玩具，可他們還是我們的爸媽呀！」小豆包**愁眉不展**地說道。

　　「這些家長變成玩具之後，脾氣都變得好壞，比小孩子還愛打架！」洛仙仙說

道。

　　同學們你一句我一句**小聲嘀咕**着，想來想去也想不出解決的辦法。

　　「要不給他們開一個家長會吧！」我說道。

　　「家長會？嗯，這個辦法好！」

　　「正好明天是周六！」同學中有人說道。

　　就這樣，大家商量了一下，一致同意應該給家長們開一個**別出心裁**的家長會。

17 玩具家長會

家長會通知

日期：星期六（明天）

時間：上午 9：00

地點：市中心公園的大草坪

主要內容：跟家長們講講道理——

1. 要遵守課堂紀律，上課的時候，不
   要跑出來；

2. 玩具們之間要團結，在一起的時
   候，不要總是打架⋯⋯

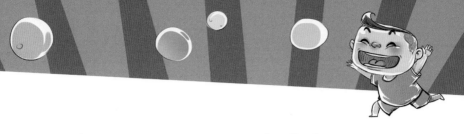

　　早上九點正，同學們都帶着自己的玩具家長來到了市中心公園的大草坪上。

　　「北極蟲，你的爸媽又沒變成玩具，你來幹嗎？」我看着北極蟲從草坪那邊跑過來問道。

　　「我家離這裏這麼近，當然要來看看**熱鬧**！」北極蟲回答道。真是的，哪裏有熱鬧，哪裏就有北極蟲。

　　我把彈力球媽媽放在口袋裏，不敢拿出來。

　　「這麼多玩具，媽媽那麼小一定會被**欺負**的，還是在口袋裏比較安全。」我拍了拍口袋，對媽媽說道，媽媽在口袋裏跳了兩下。

　　正說着，我聽到有人大喊：「**超人和**

暴龍又打起來了！」

怎麼搞的，又打起來了？我左看右看，小豆包的警車爸爸還沒來。

超人和暴龍打得兇，蔡小強和洛仙仙忙着拉開他們，可是怎麼拉也拉不開。

「蔡小強，讓你爸爸鬆開手！」洛仙仙叫道。

「洛仙仙，你要讓你媽媽鬆開嘴巴呀！不然我爸爸怎麼鬆手？」蔡小強高聲叫道。

哎呀，眼看着暴龍就要把超人的胳膊咬下來了，我對着北極蟲喊：「這樣下去，洛仙仙和蔡小強也要打起來了！這下子亂套了！快報警！」

「怎麼**報警**？玩具打架怎麼報警？」

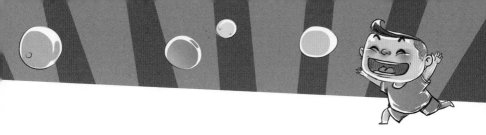

北極蟲問道。

「給小豆包打電話啊！讓他的警車爸爸趕快來啊！」我**焦急地**喊道。

「我來了！」正說着，遠處小豆包一邊喊一邊跑了過來。

就在這時，另一個方向有人大喊：「我也來了！」

我們抬頭一看，原來是生氣貓。

這個傢伙居然出現了。我剛要衝過去找他算賬，就在這時，只見生氣貓手裏端着一枝氣球衝鋒槍。他二話不說，生氣地對着家長們開始**猛烈射擊**。

「快躲開！」同學們中有人大喊道。

原來，氣球衝鋒槍用的子彈是一個個的氣球，沒錯！就是之前大家用來和他換

玩具的生氣氣球。

這些生氣氣球威力好大，落在人羣裏轟隆隆，落在地上砸個坑。玩具家長們嚇得**左躲右閃**，暴龍和超人馬上停止了戰鬥。兩個玩具正要勇敢地往前衝，可是剛走兩步就被氣球炮彈轟了回來。

生氣貓哈哈大笑，高喊着：「我要把玩具統統**毀掉**！」

看着生氣貓大笑的樣子，我忽然愣住了：「北極蟲，我怎麼覺得生氣貓的樣子好熟悉！」

「你見過他那麼多次，當然熟悉了！」北極蟲説道。

「可是……可是，我從來沒見過他大笑！他剛才大笑的時候，我好像在哪裏見

過，真的好像在哪裏見過。」我正想着，一個炮彈衝向我飛了過來，我迅速躲開。

「哈哈哈……你們都怕了吧？」生氣貓又笑了起來，露出兩個小酒窩。

「那小酒窩和我家裏的**不倒翁**笑臉貓一模一樣！」一瞬間，我恍然大悟。

想到這裏，我對着生氣貓大喊：「笑臉貓！**笑臉貓！**」

聽到我的召喚，生氣貓愣住了，手裏的衝鋒槍停止了射擊，愣愣地看着我。

「笑臉貓？這個名字好熟悉。」生氣貓歪着腦袋，他好像不那麼生氣了。

18 你是我的笑臉貓

　　「笑臉貓，是你嗎？」我輕輕地往前走了一步，「我是拉鎖，你的主人，你還記得我嗎？」

　　「主人？拉鎖？」生氣貓試探地往前邁了一步，身子**搖搖晃晃**的。他用眼睛盯着我的眼睛，那雙眼睛又大又亮。沒錯，就是那雙眼睛，會說話的眼睛。

　　生氣貓就是笑臉貓？笑臉貓就是生氣貓？我也不太相信，可是越看越像！之前我沒認出來，是因為他一直都是生氣的樣子。只要他一笑，我就知道，他就是我家的笑臉貓。

「我是一隻笑臉貓，無憂無慮無煩惱。搖來搖去搖不停，一天到晚笑笑笑。」我看着生氣貓的眼睛，學着不倒翁的樣子一搖一晃地對他說道。

生氣貓一下子想起了什麼，兇巴巴的眼神立刻不見了，臉上露出燦爛的微笑，果然是笑臉貓！是的，就是他！我的笑臉貓！

「笑臉貓，你還記得嗎？只要我一碰你，你就會這樣唱。你還記得嗎？從我有記憶以來，你就在我的牀頭，每天看着我起牀，每天陪着我睡覺。媽媽說過，小時候，如果我哭了，只要一聽到你唱歌，我就不哭不鬧；小時候，我總是喜歡抱着你睡覺……你還記得嗎，笑臉貓？可是，笑

臉貓，你怎麼不笑了？是誰讓你變成了生氣貓？」說着說着，我伸出一隻手，眼淚流下來了。

笑臉貓歪着腦袋看着我，扔下手裏的衝鋒槍，搖搖擺擺地向我跑來，撲到我的懷裏，給了我一個大大的擁抱。

　　大家都不知道是怎麼回事，但是看到我們的樣子，看來已經沒有危險了，就一下子圍了過來。

　　「我想起來了！我想起來了！**我就是笑臉貓！**」笑臉貓興奮地叫道。

　　「可是笑臉貓，你怎麼變成生氣貓了呢？」我問道。

　　「那天晚上，你**大發脾氣**，看着你生氣，我什麼都不能幫你，心裏也好難過。你把所有的玩具都摔在了地上，我的嘴角被摔壞了，笑臉被摔成了哭臉，你的壞脾氣傳染了給我。我忘記了自己是誰，變成了生氣貓。」笑臉貓難過地説道。

　　「對不起，笑臉貓，我再也不亂發脾氣了！壞脾氣不但會傳染，而且會讓人忘

記自己是誰。對不起，你還願意跟我回家嗎？還願意做我的笑臉貓嗎？」我向笑臉貓道歉道。

「當然願意！」笑臉貓笑着點了點頭。

再一看氣球衝鋒槍，隨着一陣劈里啪啦的聲音全都不見了。

同學們看到生氣貓變成了笑臉貓，都很高興。

「笑臉貓，大家的爸媽都變成玩具了，怎麼才能變回來呢？」我問道。

「玩具店裏面有一顆會長大的扭蛋，扭蛋裏面的東西可以讓玩具爸媽變回原來的樣子，可是我忘了那顆扭蛋賣給誰了。」笑臉貓，不好意思地說道。

「這下子可麻煩了！」我歎口氣說。

「咦？你說的就是我的扭蛋吧？我每天都孵的那顆蛋！」北極蟲一聽馬上說。

「對對對，我都忘了，北極蟲換了一

139

顆玩具扭蛋！」我也想起來了。

「那顆蛋現在已經長得很大很大了，你們等着，我現在就回家把蛋拿來。」說着，北極蟲立刻朝家的方向跑去。

過了一會兒，北極蟲從遠處跑了過來，額頭上滲着汗珠，懷裏抱着一顆大大的蛋。那顆蛋可真夠大的，北極蟲兩條胳膊緊緊地抱着，都**合不攏**。

我們幾個同學跑過去，想幫北極蟲一起把蛋抱過來。沒想到剛一碰到蛋，就被彈得飛了出去，連玩具爸媽們都未能倖免。

「這麼大的蛋，只有北極蟲一個人能抱，真是奇怪！」我揉着摔痛的屁股，疑惑地問，「這蛋裏面是什麼呢？」

「可能是因為我是它的主人吧，不過我也不知道裏面是什麼。」北極蟲搖了搖頭。

我們圍成一個大大的圈，心有餘悸地看着北極蟲把蛋放在草坪中間。

「哇！好大一顆扭蛋啊！」

「是呀！我還從來沒見過這麼大的扭蛋呢！」

「想不到北極蟲還會孵蛋呢！」同學們七嘴八舌地說。北極蟲聽了，有點兒得意洋洋。

「怎麼打開？」我問道。

「扭蛋，扭蛋，當然要扭了。」北極
蟲回答道。

說着，北極蟲抱緊了扭蛋，用力一扭。
扭蛋從中間開了一條整齊的**裂縫**，裂縫慢
慢變大，從扭蛋裏飄出好多好多泡泡。

每一個泡泡上都帶着一個笑臉，那麼
多的泡泡一起往外飄，把「蛋殼」頂了起
來。

五顏六色的笑臉泡泡到處飛舞，每落
在一個玩具家長身上，一個玩具就恢復成
爸媽的模樣。

我趕快把口袋裏的彈力球媽媽拿了出
來，放在了草坪上。

一個笑臉泡泡落在了媽媽的身上，閃
着**微弱**的光，媽媽一下子恢復了原來的樣

子。

「拉鎖，你怎麼跑這裏來了？哇！這麼多人！」媽媽左看看右看看，不知道發生了什麼事。

很快，不管是暴龍還是超人，不管是大鏟車還是小警車，統統都恢復成了原來的樣子。

「這是在幹嗎？」

「這是哪兒啊？這麼多人，在公園野餐嗎？」

「我們是在開家長會。」

「**家長會？**」

恢復成原來樣子的爸爸媽媽，不知道發生了什麼。

看着爸媽愣愣的樣子，所有同學都哈

哈大笑起來。

哈哈！本次家長會**圓滿成功**！

20 原來是這樣

　　星期一早上，我又晚了起牀。

　　「拉鎖！拉鎖！快看看幾點了，怎麼
還不起牀？每天都要我叫你起牀嗎？」媽
媽掀開我的被子大吼。

　　我眯着眼睛，媽媽還是穿着她的粉紅
色拖鞋。真高興，媽媽又變回來了，好像
是**一場夢**啊！

　　我從牀上爬起來，給了媽媽一個大大
的擁抱：「媽媽不要發脾氣，因為壞脾氣
是會傳染的，而且還會忘記自己是誰。」

　　媽媽聽我這樣說，被我**逗笑**了，問道：
「你這些話都是跟誰學的？」

「嗯⋯⋯跟不倒翁笑臉貓學的。」我看着窗台邊的笑臉貓說。

「這個笑臉貓呀，是我在門口曬太陽的時候撿到的。」媽媽把笑臉貓拿在手裏

輕輕地摸了摸，說道，「本來覺得笑臉貓很醜，想**扔掉**，可是覺得它笑的樣子還是挺可愛的，就把這個小丑貓留下來了。就在那一天晚上，你就**出生**了。說起來，你和笑臉貓還是同一天來到咱們家的呢！」

媽媽把笑臉貓放回了窗台上。

「原來是這樣啊！」我看着笑臉貓，它露出兩個甜甜的**酒窩**。

我端起餐桌上的牛奶，喝了一口。熱熱的，真好喝！

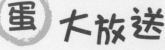驚喜彩蛋大放送

第一彈：

　　體育課上自由活動，我和北極蟲在大樹下面玩耍。啪的一下，一個東西掉下來砸在我的腳上，我大叫道：「痛死我了！誰把東西砸到我腳上了？」低頭一看，原來是跳跳杆。

第二彈：

　　我正在埋頭做功課，媽媽拿着自己的粉紅色拖鞋來回看，一邊看一邊自言自語：「這鞋上黏着黏糊糊的是什麼呀？」

　　「媽媽，是棉花糖。」我答道。

　　「沒跟你說話，認真做功課！」媽媽大聲說道，「做功課時，把頭抬起來！說了你一百次，就是記不住！」

　　隔壁傳來北極蟲的聲音：「不是一百次，是一百零八次了！」

下期預告

慘了！拉鎖被青蛙軟禁！

　　古塔小學要舉行班際足球比賽，拉鎖和他的同學踴躍加入足球隊，但是隊員之間發生了內訌，鬧得一團糟！

　　此時，一艘巨大航母悄然來到學校附近，拉鎖一行人登上了這個奇怪的龐然大物。誰知這艘航母由一羣青蛙控制，拉鎖和隊員更被青蛙軟禁起來，不僅要到青蛙的餐廳當待應生，還要和青蛙的足球隊踢球賽……

　　在回不了家的絕望之際，拉鎖等人遇見了一隻能訓練他們足球的老鷹隊長，並發現了一個驚天大秘密！老鷹隊長到底是誰？拉鎖他們能夠贏得比賽，回家去嗎？

絕對沒大腦
又再遇上什麼瘋狂事？
請看《絕對沒大腦3》！

絕對沒大腦 2
媽媽變成彈力球

作　　者：王　聰
繪　　圖：李　楠
責任編輯：黃稔茵
美術設計：劉麗萍
出　　版：新雅文化事業有限公司
　　　　　香港英皇道 499 號北角工業大廈 18 樓
　　　　　電話：(852) 2138 7998
　　　　　傳真：(852) 2597 4003
　　　　　網址：http://www.sunya.com.hk
　　　　　電郵：marketing@sunya.com.hk
發　　行：香港聯合書刊物流有限公司
　　　　　香港荃灣德士古道 220-248 號荃灣工業中心 16 樓
　　　　　電話：(852) 2150 2100
　　　　　傳真：(852) 2407 3062
　　　　　電郵：info@suplogistics.com.hk
印　　刷：中華商務彩色印刷有限公司
　　　　　香港新界大埔汀麗路 36 號
版　　次：二〇二二年四月初版

ISBN: 978-962-08-7976-0
© 2022 Sun Ya Publications (HK) Ltd.
18/F, North Point Industrial Building, 499 King's Road, Hong Kong
Published in Hong Kong, China
Printed in China